Te $^{69}_{217}$

ERREURS POPULAIRES

EN MÉDECINE.

UN OPÉRATEUR AMBULANT,

PAR

LE DOCTEUR HENRY,

DE GRANDVELLE (Haute-Saône),

ANCIEN CHIRURGIEN AIDE DE CLINIQUE DES HOPITAUX
ET DE LA FACULTÉ DE MÉDECINE DE STRASBOURG.

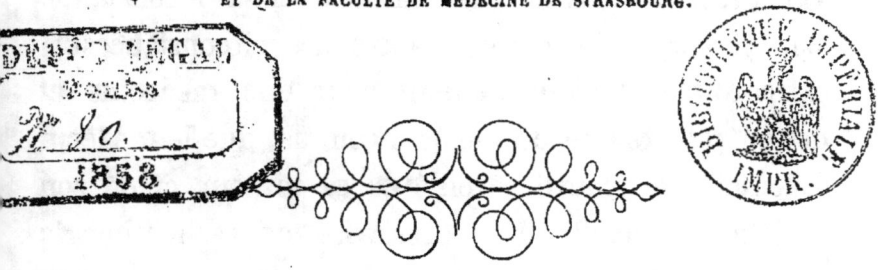

BESANÇON

IMPRIMERIE DE VEUVE CH. DEIS,

Grande-Rue, n° 43.

—

1858

Lorsqu'on est vieux médecin, ayant éprouvé, quoiqu'on fasse, les infidélités nombreuses de toute espèce de clientèle, on devrait être habitué aux caprices du vulgaire, et blasé sur ses enthousiasmes inconstants. Mais il surgit de temps à autre des circonstances si extraordinaires d'engouement pour une médecine et des opérateurs plus ou moins inconnus, que le médecin sédentaire se trouve réveillé de sa torpeur et de son indifférence habituelles, et s'avise de rechercher la cause de cette nouvelle illusion. Quoique sans beaucoup d'espoir de prémunir contre d'autres mécomptes les habitants des campagnes et même ceux des villes, qui se croient plus éclairés, et n'en donnent pas moins, tête baissée, dans de semblables erreurs, je ne puis m'empêcher de raconter ici une petite, récente et authentique histoire d'un oculiste ambulant, dont j'ai suivi exactement les opérations et les malades.

Monsieur B. est un homme de 60 ans, de bonnes façons, aimable, charmant convive et extrêmement complaisant. Il possède tout ce qu'il faut pour plaire et séduire. — Après s'être fait annoncer chez les Maires, il se présente auprès des médecins de la localité, auxquels il explique et développe ses talents d'oculistique : Il est l'inventeur de procédés nouveaux, il porte de nombreux et bons certificats, soit de médecins, soit de personnages plus considérables. Et ce qui m'étonne le plus, en les lisant, c'est de voir des signatures très-honorables attestant que les opérés de la cataracte sont radicalement guéris dans des lieux où l'oculiste a séjourné quelques jours à peine. — Mais enfin, il opère gratuitement les indigents, dit-il, et n'est venu que pour le bonheur des campagnes. Il est pourvu d'un personnel considérable et bien monté, d'une voiture élégante et douce, traînée par deux coursiers irréprochables. Monsieur B. ne travaille pas sur la place, il reste à l'hôtel ou se transporte chez les malades. Il fait proclamer sa présence les jours de foire et dans les lieux de grands rassemblements. — Arrivé naguères dans le village de F., il produisit à l'instant parmi la population indigène et circonvoisine la plus profonde sensation. Je rencontrais sur toutes les routes convergeant vers le séjour de l'illustre guérisseur, des aveugles conduits par un enfant, des individus dont l'œil est couvert d'un bizarre appareil, et même des malades de plus d'une espèce étrangère à l'oculistique. Curieux d'approfondir les motifs d'une telle et si subite affluence, je priai monsieur B. de m'admettre comme amateur et comme élève à ses opérations. Il me reçoit avec la plus grande urbanité, me donne toute sorte de détails sur sa manière d'enlever la cataracte, de créer la pupille artificielle, de faire l'abrasion de la cornée, et autres délicates opérations sur l'œil. — Le premier malade de cette clinique d'un nouveau genre, est M. Louppya, de N., vieillard de bonne constitution et d'une santé vigoureuse, affecté d'une double cataracte. M. L. est intelligent et aisé; il n'hésite point cependant de placer le dernier espoir de son existence entre les mains d'un homme qu'il ne connaît pas. L'opération est décidée, et faite par *abaissement*, non sans quelque habileté, en présence d'un de mes confrères et de moi. — Le malade voit aussitôt un livre ouvert ou fermé, qu'on expose sous ses yeux, et aperçoit les autres espiégleries de l'opérateur. Les assistants sont nombreux et dans l'enthousiasme. On court chercher au village un second malade qui se présente immédiatement. Il n'est atteint de la cataracte que sur l'œil droit. Il me tire à l'écart, me demande avec anxiété, et d'un air de confiance, s'il doit se faire opérer. « Attendez, lui dis-je à l'oreille, vous avez encore un bon œil, cela vous suffit. » Introduit près de notre opérateur, celui-ci lui explique comme quoi la cataracte sur un œil amène nécessairement la cataracte sur l'autre, et que le seul moyen de prévenir la cécité complète, est de se faire opérer. Mon conseil est vite oublié, et le malade à l'instant convaincu. On le place sur un siége et on abaisse la cataracte, en présence des mêmes personnages, et avec des circonstances analogues. — Les deux malades, ensuite du rappel du chirurgien, paient sur le champ et gaiement le prix convenu; l'opérateur se retire en laissant ses recommandations pour le traitement consécutif. — Le lendemain j'assiste à une troisième opération de la cataracte double, celle-ci par *extraction* sur le sieur Pernin, du village de F. Monsieur B. nous annonce qu'il va faire ce qu'il appelle le *coup de maître*. En effet il ouvre la cornée transparente, et pénètre dans la chambre postérieure de l'œil, en embrochant l'iris des deux côtés, pour couper la capsule du cristallin, et terminer ensuite l'opération. J'omets à dessein les remarques chirurgicales nombreuses qui ne seraient intelligibles et intéressantes que pour les médecins. Je me contentai de demander à Monsieur B. pourquoi il avait, de gaieté de cœur, tranché l'iris de chaque côté pour pénétrer vers le cristallin. « Les auteurs, ajoutai-je, recommandent d'épargner l'iris par dessus tout, *comme la prunelle de ses yeux.* » « Vos auteurs sont des blagueurs, répondit le chirur- » gien; l'iris coupé se cicatrise bien, où les pupilles ne » seront plus rondes, et voilà tout : le résultat n'en est » pas moins certain. » — Nous revenons au malade, qui reconnaît comme le premier, un livre ouvert ou fermé, et d'autres manœuvres de l'opérateur. Il excite un admiration encore plus prononcée dans l'assistance, car on présente les deux cristallins durcis et opaques, nageant dans un verre d'eau limpide. Le malade est pansé, et solde à la minute. — Une dame se transporte avec son mari chez monsieur B.; elle est atteinte d'une taie sur la cornée, assez légère : elle se garde bien de consulter son médecin ordinaire, dont elle a reçu les soins pendant longtemps, sur l'opportunité d'une opération. On exécute sur l'œil, en l'absence de tout médecin, une manœuvre qu'on qualifie d'abrasion de la cornée. A la troisième visite de la malade, à l'hôtel de monsieur B., je suis présent et je constate encore l'existence d'une partie de la tache sur l'œil. — Mais enfin, on parle du prix, qui n'avait pas été fixé à l'avance, et au sujet duquel un grand débat s'engage entre l'opérateur et le mari de la malade, dont les vifs regrets sur son préjudiciable oubli n'obtiennent aucun adoucissement à l'amertume de ses plaintes : Il solde en entier la réclamation du chirurgien. — Une cinquième opération a lieu chez une enfant de 14 ans, lymphatique, également affectée d'une ulcère sur la cornée, et d'une tache consécutive. Ici, le médecin ordinaire dissuade en vain les parents : on passe outre, et on verse de suite la somme convenue, entre les mains du chirurgien. — Je ne fais qu'indiquer un jeune homme de 25 ans, affecté de la goutte sereine des deux côtés, auquel monsieur B. promet prompte et sûre guérison, moyennant une somme assez ronde, que notre pauvre individu est loin de posséder, gémissant que la fortune lui ait refusé une telle occasion de revoir la lumière du jour.

Nous avons donc 5 opérés, dont 3 indigents, qui n'en ont pas moins bien payé comptant leur quote-part de la somme totale de *onze cents francs*, perçus en 4 jours, à peu près les honoraires d'un pauvre et laborieux médecin pendant 6 mois, à la campagne et même à la ville, avec cette différence encore que cette créance serait assise sur 200 individus, dont quelques-uns oublieront peut-être l'exactitude et la reconnaissance.

Voyons un peu le résultat de ces opérations. Dès le lendemain, Monsieur B. s'exagérant sans doute l'influence de ma signature, me fit l'honneur de demander une attestation comme quoi il avait heureusement opéré en ma présence ces différents malades. Il exhibait, en même temps, une pièce pareille d'un confrère assez haut placé, fournie dans les mêmes circonstances. Je répondis qu'il était prudent, en général, et surtout en oculistique, d'attendre la fin, avant de rien affirmer. Je l'assurai de suivre avec un grand intérêt, toujours comme observateur, ses opérés, et de lui en rendre un fidèle compte. Je tiens ma promesse aujourd'hui, 75 jours après les opérations, c'est-à-dire, après un laps de temps suffisant pour en apprécier la valeur définitive.

M. Louppya a été atteint d'une vive inflammation des yeux : la prunelle a disparu. L'iris forme une cloison continue au centre de chaque œil. «Avant d'être opéré, » dit le malade, j'apercevais encore les rideaux de mon

» lit et la fumée de ma pipe : actuellement je ne vois
» plus rien du tout. »

Boissaux ne pourrait se conduire avec l'œil opéré : il y
a eu réascension partielle du cristallin, et la pupille est
immobile.

Pernin n'a pas beaucoup souffert après l'extraction de
la cataracte : comme on devait s'y attendre, d'après le
manuel opératoire ci-dessus exposé, l'œil droit présente
l'iris en lambeaux flottants, qui ne permettent aucun
passage à la lumière. L'œil gauche offre un triangle laté-
ral externe, espèce de pupille artificielle, fort irrégulière
et disgracieuse, à travers laquelle de rares rayons pour-
ront arriver à la rétine. « En marchant sur la route,
» j'évitais encore les écueils, dit le malade, maintenant
» la chose me serait impossible, et ma position se trouve
» aggravée. »

La dame Sol a éprouvé une certaine amélioration :
mais il reste encore une partie de la tache sur l'œil.

Enfin la petite Mourlon a été prise d'une violente
ophthalmie. La taie de la cornée est absolument la
même : de plus le cristallin est devenu opaque ; elle a
donc gagné la cataracte en se faisant enlever une tache
à peine incommode sur l'œil, dont la vision se trouve
ainsi totalement abolie.

Voici donc cinq operations généreusement payées, beaucoup plus, hélas ! que s'il s'agissait d'un médecin qu'on a
vu, qu'on fréquente depuis longtemps. « Quoi ! s'adresser
» à un chirurgien de campagne, qui marche à pied, ou
» voyage sur une misérable bicoque de voiture, attelée

1

» d'un cheval nanti de jambes et de poumons plus ou
» moins problématiques ! Lui, connaître l'œil, être ca-
» pable d'enlever la cataracte, ou de faire quelque
» grande opération, même de donner à ce propos un
» utile conseil ! Allons donc ! vous vous moquez. Notre
» médecin ordinaire n'est bon que pour les fièvrotes. —
» Et encore quelle différence avec ce savant monsieur
» que voici, et qui parle si bien ! Notre médecin pro-
» cède toujours en hésitant : si nous avons une fièvre
» qu'il appelle *typhoïde*, il n'affirme rien ; il vous dira
» qu'elle dure vingt-et-un jours, ou vingt-huit, ou bien
» le double. S'il fait quelque grave opération de chi-
» rurgie, comme celle du cancer au sein, par exemple,
» il ne pourra jamais vous certifier que le mal ne se
» reproduira pas. Tandis que le chirurgien qui nous
» arrive, extrait les dents sans douleur et en musique,
» rend la vue aux aveugles et à la minute, redresse les
» yeux louches par un simple coup de bistouri, fait
» parler correctement ceux qui bégaient, en leur cou-
» pant un petit filet sous la langue ; ou bien guérit à
» l'instant une sciatique en vous brûlant l'oreille. En
» un mot, il possède une pommade bienfaisante contre
» les plaies les plus opiniâtres, et un baume efficace
» pour toutes les blessures. Place donc aux habiles qui
» viennent de loin ; ils sont érudits, adroits et heu-
» reux ! » Tels sont le langage et la conduite que nous
avons sous les yeux, à propos des opérateurs ambulants.
Vous parlerai-je de cette fameuse Pythonisse de Vitreux,

que je ne crains pas d'illustrer en la nommant, ce
charlatan sédentaire qui inspire tant de confiance aux
malades de notre département? Quel est le médecin qui
n'ait pas surpris dans sa clientèle une soi-disant ordonnance de cette femme? Dans les affections chroniques,
où la patience du malade et celle du médecin sont si
souvent mises à l'épreuve, il est rare ici qu'on ne dé-
pêche pas un voisin empressé, auquel on recommande
le secret qu'il ne trahira pas. Il part de grand matin,
parcourt en un jour 50 kilomètres, imposant un silence
économique aux pressantes réclamations de son estomac.
Il revient porteur d'un paquet de simples, accompagné
d'une espèce d'ordonnance de quatre pages, sans signature, écrite en français du temps de Gollut, où la langue,
le bon sens et la médecine sont également sacrifiés. Mais
on y lit la docte manière de faire du bouillon de veau,
la tisane de réglisse ou de carotte, le lait d'amandes,
toutes choses que le médecin était loin de soupçonner.
Quelquefois on parle d'un vésicatoire ou d'un emplâtre,
comme pour rompre la monotonie de ces ordonnances,
toutes coulées au même moule contre les maladies les
plus disparates. Et le malade, haletant d'espoir et d'im-
patience, reçoit le précieux papier et les herbes miracu-
leuses, s'empresse d'avaler son innocente prescription,
qui produit l'effet que vous savez. Mais les consultants
de notre empirique sont persuadés d'avoir fait, en toute
hypothèse, une très-bonne affaire; car les simples et
l'ordonnance ont à peine coûté 20 sols. Il est vrai que

l'exprès a perdu une journée pour un pénible voyage, qu'il n'a pu s'empêcher de faire une dépense quelconque, malgré les recommandations d'économie. — Avec de moindres sacrifices, n'aurait-on pas obtenu de quelque vieux praticien, un conseil salutaire, basé sur l'expérience et les renseignements du médecin traitant, si l'on eût daigné le consulter? Mais il est doux pour le vulgaire de préférer à un homme d'éducation et de savoir, une misérable guérisseuse, ignorant même la route suivie par les boissons qu'elle prescrit.

J'en passe et des meilleurs, mais sans les oublier, et je reviens à nos chirurgiens émigrants, pour ajouter une réflexion qui devrait impressionner les gobeurs de talents improvisés. Il ne suffit pas d'opérer la cataracte avec une certaine habileté, de présenter quelques objets éclatants à l'œil, toujours à même de les reconnaître immédiatement après l'opération, tant soit peu bien accomplie. Car la première condition est de faire disparaître le cristallin ou ses annexes formant obstacle à la pénétration des rayons lumineux sur la rétine. Ce point est sans doute indispensable; mais la suite en est tout aussi importante. Qui combattra les accidents inflammatoires, si graves et si fréquents, les névralgies et les autres accidents consécutifs à l'opération? Le brillant et le merveilleux existent à l'instant même, alors qu'un pauvre aveugle depuis des années recouvre subitement la vue. Mais trop souvent, hélas! le temps détruit cette précieuse illusion. Votre chirurgien a disparu, emportant

votre argent, et vous a laissé des instructions, quoique
bonnes, que vous ne saurez ni comprendre, ni exécu-
ter. Et le médecin, choisi par vous pour les remplir,
malgré son intelligence et son dévouement, aura-t-il la
même ardeur, les convictions nécessaires dans un traitement imposé et pour une opération qu'il n'a pas faite?
Ne court-il pas le danger que vous lui attribuiez injuste-
ment la triste fin d'une opération dont les débuts pro-
mettaient de si séduisants résultats? — Allez, croyez-en
l'expérience, ne courez pas si fort au-devant des infail-
libles médicastres, des prôneurs de merveilleuses guérisons; comme aussi défiez-vous des hommes nouveaux,
possesseurs d'arcanes antiques, et prétendant, pour pal-
lier leur faiblesse, avoir puisé aux sources rajeunies de
la Science. — Vous avez chacun chez vous un modeste
médecin, qui vous est dévoué depuis longtemps, qui sait
par cœur votre tempérament et vos maladies, vous ayant
traité en maintes circonstances, et que vous n'avez pas
trop enrichi. Celui-là est responsable de ses actions : vous
ne le payez pas d'avance, ni comptant et quelquefois
jamais. Il vous soigne cependant avec zèle et diligence;
il possède autant que quiconque l'amour-propre de sa
profession; il recourt, en silence, le soir en se couchant,
aux traités des maîtres de l'art, pour s'instruire à votre
profit. En quoi ne mérite-t-il pas votre confiance? Vous
rappelez-vous ce qui vous est arrivé pendant le choléra?
Que sont devenus ces guérisseurs fameux et ces remèdes
tant vantés, la Strycnine et l'Ipéca? Où sont ces réputations

éphémères élevées à l'improviste au milieu des cala-
mités publiques ? C'est en vain que les amis ont essayé
de les soutenir par le récit de guérisons inespérées, ob-
tenues par des méthodes extraordinaires. Une fois le
danger écarté, le calme et la justice sont revenus dans
les esprits. Il fallut descendre d'un factice piédestal, et
chacun dut reprendre la place et le rang où ses talents
pouvaient le maintenir. En effet, entre ceux qui procla-
maient sous leur drapeau la victoire constamment fidèle,
et les anciens médecins, dont les armes ne répondirent
pas toujours au courage, s'il y eut une différence dans
le succès contre l'épidémie, ne fut-ce pas plutôt en faveur des vieux praticiens?

Car le vrai médecin, habitué à ne pas devancer la
nature, mais à l'observer, qui reconnaît en certains cas
son impuissance, et préfère temporiser avec des remèdes
innocents, plutôt que recourir à des médicaments incen-
diaires ou perturbateurs; ne traitant pas les maladies
par une méthode fatalement uniforme, mais tenant
compte de ¡chaque individualité, et quelquefois respec-
tant les instincts, les désirs spontanés de ses malades;
distribuant à celui-ci, dévoré par l'ardeur de la fièvre,
l'eau froide qu'il réclame, à cet autre, dont les forces sont
anéanties, un vin tonique et généreux après lequel il
soupire; obéissant ainsi aux cris des entrailles souffrantes,
pour décider sa thérapeutique; non moins habile et
prompt à faire succéder à la circonspection de la Science
une médication énergique dans les circonstances où l'art

est reconnu souverain; celui-là ne rend-il pas en tout temps à ses concitoyens les plus éminents services? Et lorsque ce médecin est sous la main, qu'il a l'expérience de vos travaux ordinaires, de votre genre de vie, de votre tempérament et de vos indispositions habituelles, il est votre véritable ami. Dans ces conditions, rarement vous aurez recours avec profit, même aux grandes célébrités médicales, et à plus forte raison, peut-il y avoir du bon sens d'embrasser les promesses de tout genre d'un charlatan passager, ou d'attendre sa guérison des stupides conseils fournis par une matrone ignorante?

Je me garderai bien d'invoquer la loi contre ces exploitants de la crédulité publique. Car outre que je sais les français quelque peu amoureux du fruit défendu, et toujours sensibles aux malheurs de ce qu'ils croient la persécution; c'est en éclairant la campagne par la publication des faits malheureux, habilement dissimulés dans les annonces de journaux, en dévoilant les chimériques espérances placées entre des mains ineptes, incapables d'en réaliser aucune, que l'on déracinera les erreurs et les préjugés populaires en médecine. Dans un siècle qui se vante à bon droit des progrès de la science, tandis que l'industrie, le commerce et l'agriculture elle-même recherchent avidement pour les diriger, les hommes remarquables par leurs lumières et leurs talents, sera-t-il donc difficile de persuader à ceux qui souffrent, que la médecine est l'antique et glorieux berceau des connaissances humaines, qu'en outre de son propre fond, elle

ne craint pas d'invoquer le flambeau de la science uni-
verselle, pour rendre à l'homme malade l'équilibre de
ses forces dérangées par les éléments de la nature ?

Osera-t-on accuser l'art de guérir d'être resté station-
naire, quand depuis un demi-siècle, il a trouvé, par la
percussion plessimétrique les moyens sûrs de constater
l'état physiologique ou maladif des organes sonores les
plus cachés du corps humain; lorsque!, par l'*Ausculta-
tion*, due à l'immortel Laënnec, il a pu saisir les bruis-
sements les plus légers à travers les canaux de la circu-
lation du sang, entendre le doux murmure de l'air
pénétrant dans les ramifications du poumon; diagnosti-
quer par l'absence du gaz vital, ou les bruits étranges
qu'il produit dans les tuyaux respiratoires, le siége et la
nature des lésions pathologiques; réduire, à l'aide de
ces procédés, la fluxion de poitrine la plus grave, traitée
en temps opportun, au niveau des dangers d'un simple
érysipèle; annoncer encore d'une manière certaine que
l'enfant renfermé dans le sein de sa mère jouit d'une
santé parfaite, par la recherche et l'étude des pulsations
de son cœur; procurant enfin à la chirurgie, l'insépara-
ble sœur de la médecine, par l'emploi du chloroforme,
la faculté de promener sur toute la surface du corps humain, le fer réparateur, sans aucune sensation doulou-
reuse. Ne reconnaissez-vous pas dans ces investigations
profondes de la médecine moderne, l'exactitude des
sciences mathématiques qu'on exalte tant aujourd'hui ?

Plusieurs maladies, il est vrai, comme la fièvre puer-

pérale, la fièvre typhoïde grave, la fièvre cérébrale du
jeune âge, l'hydrophobie, la phtisie pulmonaire, la dia-
thèse cancéreuse, ne sont pas autrement ou mieux trai-
tées que du temps d'Hypocrate. Les travaux et les re-
cherches consciencieuses n'ont point fait défaut sur ces
terribles affections. Mais, sans vouloir décourager les
nouvelles découvertes, sans croire au dernier mot de la
science à cet égard, ne savons-nous pas que Dieu a posé
des limites au progrès, et que la perfectibilité indéfinie
de l'esprit humain est une pure utopie? L'histoire des
civilisations raffinées de l'Égypte, de la Grèce et de Rome,
successivement ensevelies dans les cataclysmes de la
barbarie et de l'ignorance, est là pour attester le fini des
connaissances humaines. Sommes-nous sûrs, dans les
arts utiles et d'agrément, avec nos inventions modernes,
toutes merveilleuses qu'elles soient, d'être parvenus au
même niveau que ces illustres nations disparues de la
surface du globe? Tandis que les monuments écrits de
Celse et de Galien, échappés aux mains des conqué-
rants, ne laissent subsister aucun doute sur la supério-
rité de la médecine d'aujourd'hui. — Mais le souffle
immatériel et impérissable placé par Dieu dans le corps
humain, ne participe pas à la science infinie du Créa-
teur. Il possède pour ses manifestations un fragile amas
d'organes délicats, essentiellement destructibles. Dieu
n'a permis de réparer les outrages des éléments que
pour un temps limité. Comment dès-lors prétendre à
guérir toutes les maladies? — Et vous, qui avez décou-

vert et utilisé la force de la vapeur, inventé les chemins de fer et le télégraphe électrique, admirables productions du génie de l'homme, êtes-vous parvenus, malgré vos persévérants efforts, à gouverner, en bon pilote, l'Aérostat de Montgolfier, connu depuis trois quarts de siècle ? Et si vous réussissiez un jour à voyager dans l'air, à votre guise et en sécurité, n'avez-vous pas pour barrière infranchissable à l'ambition de vous rapprocher du Ciel, les limites de l'atmosphère elle-même, à peine élevée de quelques lieues au-dessus de nos têtes?—Ne blâmons donc personne, ne méprisons aucun art, parce que tout n'est pas parfait : cela est dans l'essence de la nature. La médecine, aussi ancienne que le monde habité, a bien payé sa part de travaux utiles à l'homme. Elle continue chaque jour d'étendre son bienfaisant domaine, non-seulement par les leçons des maîtres, et la pratique des grands hôpitaux, mais encore par l'observation des maladies, confiée à chacun de ses membres, modestement attentifs à surprendre les secrets de la nature, pour obvier à ses écarts, obtenant les plus beaux succès, sans témoin et sans gloire, au fond d'une humble chaumière et dans un village inconnu.

Où donc est l'avantage de poursuivre la santé à travers les ténèbres du charlatanisme et de l'ignorance ? Que chaque médecin ait le courage de démasquer les duperies qui l'entourent, et la honte gagnera bientôt ceux que le silence ou le secret consolent d'avoir été trompés. Je serai pour ma part satisfait d'avoir atteint le

but que je me suis proposé, si je contribue à rétablir
entre les malades et le médecin, la confiance, la dignité
et les égards que doivent inspirer les services rendus par
le dévouement et la véritable science.

Je termine par l'histoire abrégée de quelques opérations de cataracte.

Obs. 1. — Il y a 13 ans, le 24 septembre 1845, j'o-
pérai avec l'aide de M. Clerc, médecin et maire à Rioz, le
nommé Jean-Humbert Fournier, couvreur à Fondre-
mand, âgé de 73 ans, robuste buveur, atteint d'une
cataracte double qui datait de trois années. Il se faisait
conduire par la main à travers le village, étant complè-
tement aveugle. L'opération eut lieu sur les deux yeux
dans la même séance, et par abaissement. Le vieillard
aperçut à l'instant la lumière du jour, aucun accident
ne vint entraver sa guérison; depuis il a conservé une
vue parfaite, car je l'ai rencontré naguères, se promenant
seul dans la rue, avec ses 86 ans, devenu sourd, il est
vrai, mais déclarant avec joie qu'il comptait bien avoir
de ses yeux au-delà des besoins de son existence.

Obs. 2. — La femme Doubey, de Rioz, marchande de
chiffons, a été forcée d'interrompre son petit commerce
depuis deux ans. Elle peut à peine distinguer le jour de
la nuit, et par conséquent a besoin d'une personne pour
se conduire. La cataracte a successivement envahi les
deux yeux à l'âge de 58 ans. — Je l'opère chez moi,
avec le seul secours d'un aide étranger à la médecine.

Les deux cristallins sont précipités au fond de l'œil sans difficulté, et les assistants observent commodément la marche de l'aiguille. — Le troisième jour, il survient une congestion vers la tête, et de la douleur dans les deux yeux. Je pratique une forte saignée. Le neuvième jour, tout est calme, la vue est rétablie; la couleur des cheveux, de la barbe, les dents, le teint et les traits du visage de tous les assistants, sont perceptibles pour notre malade. Elle me demande son *exeat*, aussi impatiente de la diète qu'elle a subie, qu'enchantée d'avoir recouvré la vue. Le 25 juillet dernier, quarantième jour de l'opération, j'ai l'agrément de recevoir ma malade m'offrant pour cadeau un volumineux panier de framboises, qu'elle est allée cueillir elle-même dans la forêt.

Obs. 3. — Le Père Noir, de Velleclaire, est un vieillard de bonne santé, atteint d'une cataracte double depuis 2 ans. — Je l'opère à l'aiguille, avec l'aide de mon confrère, M. Naîme, de Bucey-les-Gy, le 29 avril dernier. À l'instant le malade perçoit vivement la clarté de la fenêtre. Tout va bien jusqu'au troisième jour, où le malade se plaint encore que l'appareil soit insuffisant pour lui interdire la lumière, qu'il voit, dit-il, comme à 20 ans. Malheureusement et sans cause appréciable, une violente ophthalmie se déclare, en changeant d'œil, et malgré les soins assidus et éclairés de M. Naîme, réunis à mes efforts, malgré les évacuations sanguines répétées, les purgatifs drastiques, les révulsifs, les collyres de toute espèce, un iritis fatal vient nous enlever notre succès. L'œil droit seul pourra peut-être saisir confusément la lumière.

Obs. 4. — La petite Monnet, de Maizières, âgée de 11 ans, est aveugle-née. Elle a été opérée depuis 8 ans par M. Carron du Villars, sans succès; car on observe encore la cataracte sur les deux yeux. L'iris du côté gauche a été légèrement déchiré, dans cette première opération; il en est résulté une pupille artificielle, malheureusement trop étroite, à travers laquelle une faible clarté peut arriver au fond de l'œil. L'enfant du moins manifeste une certaine sensibilité de ce côté, et la délicatesse de la pupille annonce que la rétine n'est pas paralysée. Le cristallin gauche me semble avoir contracté avec l'iris quelques adhérences, et pour ce motif je n'opère que l'œil droit. — Nous avons affaire à un sujet tout-à-fait indocile. Cette enfant est idiote, ne parle pas, est capricieuse, et comprend à peine ses parents. C'est une raison de plus pour tenter de nouveaux efforts en sa faveur. Elle jouit d'ailleurs d'une santé excellente. — Au printemps dernier, M. Clerc, médecin à Fretigney, voulut bien m'aider dans cette bonne œuvre. Nous sommes obligés de chloroformer la petite malade, dont les mouvements tumultueux, les cris et les contorsions des yeux et des muscles de la face, ne permettaient aucune espèce d'opération. Le sommeil anesthésique s'établit d'une manière complète. Je peux agir sur l'œil comme sur l'œil d'un cadavre, avec sécurité et à mon aise. La cataracte est abaissée et disparaît par une manœuvre facile et très-appréciable pour mon confrère et les parents. On panse la petite qui se réveille bientôt, sans avoir la conscience de l'opération qu'elle a subie. — Mais on est obligé de lui lier les bras, pour préserver l'appareil des efforts dirigés contre lui. Elle s'agite en effet de toute manière. Le troisième jour le père me dit qu'elle court après la chandelle ; il croit que son enfant voit bien, mais elle ne veut pas souffrir que j'examine son œil : aucune inflammation ne se déclare ; mais au bout de quinze jours j'ai la douleur de constater que le cristallin est remonté au centre de la pupille ; ce qui s'explique par les cris immodérés et l'agitation continuelle de cette enfant. Elle se trouve donc dans le même état : notre intention n'est pas de l'abandonner. Rien dans les deux précédentes opérations ne rend impossibles les chances heureuses d'une troisième tentative. Les cristallins sont mobiles, les iris dilatables, et nous ferons cette fois l'extraction des deux lentilles oculaires ; pour avoir moins à redouter dans la suite, l'indocilité de cette enfant. Combien ne serait-il pas intéressant pour le médecin philosophe, de lui donner la vue, afin d'étudier l'influence de cet évènement sur sa pauvre intelligence !

Je cite ces cas comme les plus remarquables : et tout cela s'accomplit sans se dire *spécialiste*, simplement, à l'occasion, comme on guérit une fluxion de poitrine, comme on réduit une fracture, comme on fait un accou-

chement laborieux ou une opération de hernie étranglée ;
car chaque médecin de campagne a l'honneur et le de-
voir de pratiquer l'art de guérir dans ses différentes
branches, et les observations précitées ne produisent le
plus souvent que le plaisir du succès, où le chagrin, si
l'on n'est pas heureux.

Dr HENRY.

Grandvelle, 1er août 1858.

www.ingramcontent.com/pod-product-compliance
Lightning Source LLC
Chambersburg PA
CBHW061736180626
46818CB00006B/2643